22 JANV. 1869 99 P

VENTE

DES

Vendredi 22 et Samedi 23 Janvier 1869.

OBJETS D'ART

ET

DE CURIOSITÉ

ÉMAUX DE LIMOGES

ARMES, PORCELAINES, AMEUBLEMENT

BELLES TAPISSERIES

ÉTOFFES

Exposition publique : Le Jeudi 21 Janvier 1869

Me CHARLES PILLET,	M. CHARLES MANNHEIM
COMMISSAIRE-PRISEUR	EXPERT

Exemplaire de Whitehan

CATALOGUE

D'UNE IMPORTANTE COLLECTION

D'OBJETS D'ART

ET DE CURIOSITÉ

COFFRET ET COUVERCLE DE COUPE EN ÉMAIL DE LIMOGES;
ARMES ANCIENNES; BIJOUX;
PORCELAINES DE SÈVRES, DE SAXE, DE CHINE ET DU JAPON;
BEAUX GROUPES EN VIEUX SAXE;
DEUX GRANDES PIÈCES EN FAIENCE ALLEMANDE; FAIENCES DIVERSES;
BRONZES D'ART; SCULPTURES;
HUIT GRANDES ET BELLES PAIRES DE BRAS ANCIENS EN BRONZE DORÉ:
LUSTRES, CANDÉLABRES, FLAMBEAUX, ETC.;
MANUSCRIT DU XVIe SIÈCLE, ENRICHI DE CINQUANTE MINIATURES;
MEUBLES EN BOIS SCULPTÉ;
CABINETS ITALIENS; BEAUX MEUBLES DU TEMPS DE LOUIS XVI:
GUÉRIDONS GARNIS DE PLAQUES EN VIEUX SÈVRES;
BEAU TAPIS ORIENTAL
EN VELOURS DE SOIE SUR FOND TISSÉ EN FIN;
TAPISSERIES ET ÉTOFFES ANCIENNES

DONT LA VENTE AURA LIEU

HOTEL DROUOT, Salle N° 8

Les Vendredi 22 et Samedi 23 Janvier 1869

A DEUX HEURES

Par le ministère de Me **CHARLES PILLET**, Commissaire-Priseur,
10, rue Grange-Batelière,

Assisté de **M. Ch. MANNHEIM**, Expert, 7, rue Saint-Georges,

Chez lesquels se distribue le présent Catalogue.

EXPOSITION PUBLIQUE

Le Jeudi 21 *Janvier* 1869, *de une heure à cinq heures.*

CONDITIONS DE LA VENTE.

Elle sera faite au comptant.

Les acquéreurs payeront *cinq pour cent* en sus des enchères.

Paris. — Imprimerie de PILLET fils aîné, 5, rue des Grands-Augustins

DÉSIGNATION DES OBJETS

Émaux de Limoges

1 — Beau couvercle de coupe en émail de Limoges. — Peinture en grisaille sur fond bleu, par Pierre Rexmond. Il est décoré de cariatides et de médaillons renfermant des bustes de femmes et de guerriers.

2 — Petit plateau rond en émail de Limoges, par Jean Laudin ; au centre, groupe de trois figures, et bord à ornements d'émail blanc en relief.

3 — Jolie colonne de flambeau en émail de Limoges, décorée de bustes d'empereurs romains en couleurs et d'ornements en relief en émail bleu sur fond noir. Ouvrage de Jean Laudin.

4 — Beau coffret, de forme carré long, à couvercle bombé, en émail de Limoges peint en couleurs et représentant diverses scènes tirées de la Genèse : la Création du monde; la Création de la femme; Adam et Ève dans le Paradis; la Tentation du serpent; Adam et Ève chassés du Paradis, etc. Deux des plaques portent des armoiries. Monture en bois noir à moulures, XVIe siècle.

5 — Deux petites plaques en émail de Limoges, peintes en grisailles : saint Jean et saint Matthieu.

Armes

6 — Morion italien du XVIe siècle, gravé, avec sa garniture intérieure en velours ponceau du temps.

7 — Épée allemande du XVIe siècle, à garde noire de belle forme et inscription sur la lame.

8 — Autre épée du XVIe siècle, italienne, garde à coquille ciselée à jour.

9 — Jolie carabine à rouet, richement incrustée d'ivoire; canon à huit pans, rayé à l'intérieur.

10 — Pistolet à rouet, en ébène, également incrusté.

11-14 — Douze épées et sabres d'époques diverses. Ce lot sera divisé.

15 — Sabre persan, à garde damasquinée d'or, poignée en corne de rhinocéros, avec virole d'argent émaillé.

16 — Paire de petits pistolets Louis XIV, garnis d'argent.

17 — Poignard persan, dont le manche, en jade vert, est orné d'arabesques incrustées d'or; lame en damas.

18 — Autre poignard persan, manche et garniture du fourreau en jade sculpté; lame en damas.

19 — Joli mousquet à rouet, modèle dit pied de biche, dont la monture est richement incrustée d'ivoire et de nacre de perle, xve siècle.

20 — Épée malonne à poignée dorée.

21 — Arbalète de chasse en bois et garniture en fer.

22 — Poire à poudre en cuivre doré, fond velours.

23 — Ceinturon Louis XIV en cuir, piqué soie, avec garniture en fer gravé.

24 — Boucle de ceinture en fer ciselé.

25 — Étui à ciseaux en fer gravé.

26 — Ceinturon porte-épée en cuir piqué, à ornements.

7 — Clef d'arquebuse formant pulvérin et tourne-vis.

28 — Cinq pièces en fer, dont une clef d'arquebuse.

29 — Amorçoir de forme ronde en cuivre gravé et doré.

30 — Deux mors anciens et une serrure de sacoche.

31 — Deux étriers en fer ciselé.

32 — Selle en velours rouge.

33 — Morion en fer gravé.

34 — Hallebarde, Louis XIV.

35 — Espadon ou épieu, Louis XIV.

36 — Épée espagnole.

Bijoux

37 — Coffret à couvercle bombé, entièrement en argent, présentant sur toutes ses faces des sujets de bataille et autres gravés en creux ; la monture dorée est garnie d'une serrure à lettres.

37 *bis* — Sucrier en argent gravé. Époque Louis XIV.

38 — Deux flambeaux en argent repoussé à fleurs et ornements rocaille. Époque Louis XV.

39 — Deux autres flambeaux en argent, à balustre et pieds cannelés.

39 *bis* — Noix de coco montée en argent.

40 — Tasse montée et deux salières en émail.

41 — Miniature ovale sur ivoire; portrait de jeune femme dans la manière de Fragonard. Cadre en or.

42 — Miniature ovale sur ivoire. Portrait de femme. Dans un cadre en bronze.

42 *bis* — Joli carnet Louis XIV, en vernis de Martin, monté en or.

43 — Bonbonnière ronde en écaille blonde, ornée d'une miniature ovale sur ivoire; portrait de femme, vue de profil, d'une grande finesse d'exécution.

44 — Gobelet à couvercle en argent repoussé, à médaillons et bustes.

44 *bis* — Tabatière en argent.

45 — Écran abat-jour, avec manche pliant en acier bleui et doré.

45 *bis* — Deux petites coupes en argent repoussé Louis XIII.

Porcelaines

46 — Garniture de trois vases en ancienne porcelaine de Sèvres, pâte dure, décors de médaillons de paysages et fleurs sur fond jaune à œils de perdrix; les anses sont formées de bustes de femmes et d'enfants dorés.

47 — Tête-à-tête en porcelaine de Saxe, composé d'une théière, un sucrier, pot à crème et deux tasses.

48 — Six tasses avec soucoupes en vieux Saxe.

49 — Cuvette et pot à eau en vieux Saxe.

50 — Deux grands vases, en porcelaine du Japon laquée noir et burgautée, garnis d'une riche monture en bronze finement ciselé et doré, de style Louis XVI.

51-54 — Quatre très-grands et beaux plats en ancienne porcelaine du Japon, décorés d'arbustes et de fleurs en bleu, rouge et or. Ils seront vendus séparément.

55 — Autre grand et beau plat, en ancienne porcelaine de Chine, très-richement décoré de vases, de fleurs et d'oiseaux émaillés en couleur.

56 — Deux assiettes, en ancienne porcelaine de Sèvres, pâte tendre, décorées de roses et de myosotis sur fond rouge, rehaussé d'or et rangs de perles.

57 — Quatre plats ronds, en ancienne porcelaine de Sèvres, à bords gaufrés et fleurs peintes.

58 — Vingt-quatre assiettes de mêmes porcelaine et décor.

59 — Petit groupe, en porcelaine de Frankenthal; Chinois sous un pavillon ou kiosque.

60 — Trois figurines, dont deux en vieux Saxe, et la troisième en Frankenthal.

61 — Quatre compotiers en vieux Saxe, à bords gaufrés et décor de fleurs.

62 — Soupière ronde avec plateau de mêmes porcelaine et décor.

63 — Statuette de femme en porcelaine de Chine émaillée en couleurs, rehaussée d'or; sur socle aussi en porcelaine.

64 — Deux petits vases en porcelaine craquelée, décor en camaïeu bleu.

65 — Deux vases à couvercle en porcelaine de Saxe moderne, décorés de fleurs et enrichis de figures et de bouquets de fleurs en haut relief.

66 — Deux vases, en ancienne porcelaine de Saxe, forme balustre, à fleurs en relief et fleurs peintes sur fond à vannerie gaufrée.

67 — Groupe en terre de Lorraine : Léda et le Cygne.

68 — Deux groupes en biscuit de porcelaine : Vénus et Amour.

69 — Deux autres groupes en biscuit : Psyché et l'Amour, et Vénus debout.

70 — Groupe en biscuit : Sacrifice sur l'autel de l'Hymen.

71 — Plat en porcelaine moderne de la Chine, monté en bronze.

72 — Plateau en émail moderne avec carafon cristal.

73 — Hanap avec plateau en vieux Saxe, décoré de fleurs.

74 — Deux grands plats ronds en ancienne porcelaine du Japon, décorés en camaïeu bleu.

75 — Deux plats, en ancienne porcelaine de Saxe, décorés de fleurs de style chinois.

76 — Coupe ronde, en porcelaine de Chine, décorée en émaux de la famille verte à fleurs. Encadré.

77 — Deux cornets, en ancienne porcelaine du Japon, montés en bronze doré.

78 — Deux cornets analogues à ceux qui précèdent.

79 — Joli groupe de quatre figures en ancienne porcelaine de Saxe ; les Sciences mathématiques.

80 — Autre joli groupe, en vieux Saxe, composé de quatre figures d'enfants, représentant l'Été.

81 — Coupe ronde, en porcelaine bleu turquoise et fleurs, montée en bronze doré et supportée par un groupe de trois femmes, en biscuit de porcelaine.

82 — Deux grands vases de forme cylindrique, en ancienne porcelaine de Chine, fond bleu fouetté à médaillons rehaussés d'or. Monture de style rocaille à anses, socles et gorges en bronze doré.

82 *bis* — Statuette en porcelaine blanche de Vienne : l'Indiscrète.

Faïences

83 — Deux grandes pièces en ancienne faïence allemande, formées de socles carrés surmontés de pyramides contournées, sur lesquelles se trouvent des vases modèle rocaille. Ces pièces sont décorées d'ornements rocaille et de fleurs en relief, ainsi que de sujets religieux peints en couleurs.

84 — Deux plaques de même faïence, ornées de grilles à jour et de têtes de chérubins en relief.

85 — Encriers en faïence de Marseille.

86 — Trois cornets en ancienne faïence de Rouen.

87 — Encrier en faïence de Berlin.

88 — Plaque en faïence de Delft, à décor de fleurs en camaïeu bleu.

89 — Jolie cruche en grès de Flandre portant les figures du roi David, d'Alexandre et de Josué en relief, ainsi que la date de 1592.

90 — Petit broc en faïence de Nevers.

90 *bis* — Plateau en faïence italienne, dans un cadre en bois doré.

91 — Petit cornet en faïence de Castelli.

92 — Cruche en grès de Flandre, émaillée jaune.

93 — Broc en verre émaillé à fleurs, sur fond opale et daté de 1651.

94 — Petit plat ovale; la Nymphe de Fontainebleau; imitation de Bernard Palissy, par Pull; belle épreuve.

95 — Gourde en verre de Bohême.

96 — Plat en faïence de Perse, émaillé en couleurs.

97 — Plat en faïence de Delft, décoré en couleurs et or.

Bronzes d'Art

98 — Joli coffret-écritoire en bronze, portant au pourtour des figures de centaures et de nymphes, et sur le couvercle des figures de génies.

99 — Beau bassin arabe en forme de bol, richement gravé et incrusté d'argent.

100 — Autre bassin plus petit.

100 *bis* — Flambeau de temple, en bronze. Travail chinois.

101 — Petit cerf couché en bronze du XVIe siècle, le dos brodé d'ornements.

102 — Heurtoir italien en bronze de la Renaissance.

103 — Lanterne de procession vénitienne en cuivre repoussé.

104 — Brasero en cuivre portant la première partie d'un vers de Virgile et sa traduction allemande : *Nox et amor, vinumque, nihil moderabile suadent :*
Illa pudore vacat, liber amorque metu. (OVIDE).

105 — Pot en bronze émaillé.

105 *bis* — Deux figures en bronze : Henri IV et Marie de Médicis.

105 *ter* — Lion coulé en brouze, sur socle marbre griotte.

Sculpture en Marbre

106 — Belle figure de Psyché accroupie, ouvrant la boîte de Pandore; sculpture en marbre blanc, par *Fenerani.*

Bronzes d'Ameublement

107 — Quatre très-belles paires de grands bras en bronze doré, à trois lumières, formés de branches de lis. Epoque Louis XVI.

108 — Quatre autres belles paires de grands bras en bronze doré, composés d'enroulements, de branches de vigne et de gerbes de blé.

109 — Deux grands flambeaux en bronze de style Louis XVI, composés chacun d'un groupe de deux figures reposant sur de larges plateaux ronds.

110 — Deux petits flambeaux en bronze doré dans le style de la Renaissance.

111 — Deux vases ovoïdes à deux anses en porcelaine de Berlin, montés en candélabres à sept branches porte-lumière, formées d'enroulements en bronze doré.

112 — Trois paires d'appliques en cuivre repoussé et argenté du temps de Louis XIV.

113 — Grande applique de mêmes style et époque.

114-115 — Quatre grands plats en cuivre jaune repoussé. Ils seront vendus par deux.

116 — Grand lustre de salle à manger en bronze argenté et doré avec cinq lampes et quarante-quatre lumières.

117 — Grand lustre en bronze à soixante-douze lumières, richement garni de cristaux, plaquettes, pandeloques et guirlandes.

118 — Deux chenets Louis XV en bronze, modèle rocaille, ornés de figures costumées à l'orientale.

119 — Deux bras du temps de Louis XIV en bronze, formés chacun d'une cariatide d'enfant tenant de chaque main une branche à rinceaux porte-lumière.

120 — Deux bras Louis XV à deux lumières en bronze doré, modèle rocaille.

121 — Deux flambeaux en bronze doré.

122 — Deux petits candélabres en bronze doré à deux lumières, avec figures d'enfants satyres.

123 — Deux chenets en bronze doré, modèle rocaille à larges feuilles.

124 — Deux autres chenets en bronze doré, formés de dragons ailés sur socles rocaille.

125 — Lustre garni de cristaux de Bohême.

Objets variés

126 — Manuscrit allemand du commencement du XVIe siècle, in-4°, sur vélin, orné de cinquante grandes miniatures à pleine page sur fond d'or, culs-de-lampe ornés et contenant quantité de prières en allemand. En tête de l'ouvrage se trouvent les armoiries des comtes de Wertheim et d'Eberstein. A la fin du volume se trouvent diverses notes manuscrites de la comtesse de Kronenberg, seconde femme d'un duc de Bade en 1620.

127 — Baiser de paix, formé d'une plaque d'ivoire finement sculpté, représentant l'Adoration des Rois mages; XIVe siècle.

128 — Volet de diptyque en ivoire, représentant le Christ en croix et les saintes femmes, XVe siècle.

129 — Pendule en cuivre doré de forme carrée, dans le style de la Renaissance.

130 — Deux bas-reliefs en albâtre, représentant des sujets religieux.

131 — Groupe en terre cuite bronzée, du temps de Louis XIV, composé de plusieurs figures; la marche de Bacchus et Ariane.

132 — Deux bas-reliefs carrés en ivoire, représentant un animal chimérique. Ancien travail de l'Inde.

133 — Belle bourse de jeu Louis XIII, en velours brodé en fin avec armoiries.

134 — Petit tableau cintré dans le haut, représentant l'Adoration des Bergers. École florentine du xvᵉ siècle.

135 — Lanterne turque ou fanousse en cuivre doré.

136 — Petite statuette d'homme en bois sculpté.

137 — Deux paires de souliers ; l'une Louis XIV, et l'autre Louis XVI.

138 — Deux tableaux de fleurs de forme hexagone.

139 — Fermoir d'escarcelle en fer à têtes en relief.

140 — Clef avec tête formée de deux chimères gravées.

141 — Heurtoir Henri II en fer forgé.

142 — Petite boîte-pelote garnie en velours rouge.

143 — Drageoir en fer ciselé ; intérieur doré.

144 — Écuelle en étain à ornements en relief.

145 — Tambourin avec monture en bois et ivoire.

146 — Trois pièces en fer : ceinture, fouet et plaque de pénitence.

147 — Deux étuis porte-livres en cuir gaufré, à ornements. xve siècle.

148 — Deux petits cavaliers en bois sculpté.

149 — Jeu d'échecs en ivoire sculpté, incomplet. Travail chinois.

Meubles

150 — Deux jolis petits guéridons style Louis XVI, à trépied et colonnes droites en bois satiné et bois de rose, garnis de bronzes ciselés et dorés. Ils sont enrichis chacun d'une belle plaque en vieux Sèvres pâte tendre, à fond bleu turquoise, décorée de fleurs et d'or.

151 — Très-grand meuble-cabinet de forme monumentale, en bois noir, à tiroirs et tabernacle, garni de peintures sur pierre de Florence et enrichi de colonnettes en marbre, statuettes et ornements en bronze doré. Ouvrage italien du xvie siècle.

152 — Deux cabinets italiens, et leurs tables-supports, plaqués d'écaille, enrichis d'inscrustations d'ivoire et d'ébène et garnis de cuivre doré.

153 — Très-grand meuble à deux corps de forme monumentale, enrichi de colonnettes, frontons et chapiteaux en bois sculpté. Il est à quatre portes et garni d'un grand nombre de tiroirs. xviie siècle.

154 — Beau meuble-dressoir à colonnettes torses et ornements sculptés, fermant à deux portes et reposant sur un socle à jour garni de deux pieds à balustres tournés. XVIIe siècle.

155 — Grande pendule en marqueterie de Boule richement garnie de bronzes.

156 — Cabinet à deux portes et tiroirs en bois d'ébène, incrusté de nacre de perle et de pierres dures variées.

157 — Deux grands supports italiens en bois sculpté.

158 — Battant de porte en chêne sculpté.

159 — Devant de coffre, Renaissance, en bois sculpté.

160 — Table, du temps d'Henri IV, en bois tourné.

161 — Table de même époque en bois sculpté, avec son dessus à rallonges.

162 — Trois bois de fauteuils dont deux anciens et un moderne.

163 — Quatre panneaux Henri II, têtes d'enfants et fruits.

164 — Quatre chaises en bois sculpté et peint en blanc, non garnies. Époque Louis XVI.

165 — Deux petits supports en bois de chêne sculpté.

166 — Deux grands panneaux en bois sculpté. Femmes.

167 — Lot de bois sculpté ; balustres, chapiteaux, etc.

168 — Trois panneaux en bois sculpté du temps de Louis XII.

169 — Cinq panneaux Renaissance en bois sculpté.

170 — Trois panneaux frise flamand

171 — Deux autres panneaux.

172 — Très-beau secrétaire du temps de Louis XVI, de forme droite en marqueterie de bois à fleurs et médaillons de paysages enrichis d'incrustations de nacre de perle; garnitures en bronze ciselé et doré.

173 — Commode du temps de Louis XV à deux rangs de tiroirs, en marqueterie de bois à fleurs, sur fond bois de rose et richement garnie de bronzes dorés.

174 — Quatre jolies chaises du temps de Louis XVI en bois sculpté et doré, garnies de damas de soie rouge.

175 — Joli bureau à cylindre du temps de Louis XVI, en bois de rose, et marqueterie, richement garni de bronzes dorés.

176 — Secrétaire Louis XVI, en bois d'acajou et bronzes dorés.

177 — Glace de Venise.

177 *bis* — Petit meuble Louis XIII, en bois sculpté.

178 — Bureau Louis XVI en bois de rose garni de bronzes dorés, surmonté d'une glace et orné de deux plaques en biscuit de Wedgwood à fond bleu.

178 *bis* — Grand coffre en bois sculpté, à médaillons et pilastres.

179 — Deux tables à jouer en marqueterie de bois.

180 — Petite toilette en bois d'ébène enrichi d'incrustations d'ivoire gravé à fleurs et ornements.

181 — Miroir carré, biseauté, dans un cadre en ébène avec moulures d'écaille.

Tapisseries et Étoffes

182 — Très-beau tapis oriental, velouté soie sur fond tissé en fin. Pièce exceptionnelle.

Long., 4 m. Larg., 1 m. 80.

183 — Deux coussins brodés en soies à figures.

184 — Petit tapis de table oriental brodé à fleurs en soie et or.

185 — Autre tapis de table brodé à fleurs sur fond jaune.

186 — Tapis de table carré en satin blanc à fleurs et ornements en chenille et chiffres couronnés, brodés en fin.

187 — Tapis très-curieux, exécuté en drap de diverses nuances, rehaussé de broderies en couleurs et or. Il offre diverses scènes tirés de l'Ancien et du Nouveau Testament. La bordure, de même travail et à fond rouge, est ornée de fleurs de lis.

188 — Petite tapisserie du XVIe siècle, offrant au centre un groupe de trois figures. Bordure à entrelacs de fleurs.

189 — Couvre-lit en satin blanc, brodé à fleurs et ornements de couleur. Époque Louis XV.

190 — Feuille d'écran en tapisserie, au petit point et à sujet chinois.

191 — Autre feuille d'écran en tapisserie au petit point, Noce champêtre. Époque Louis XIII.

192 — Petit tapis en tapisserie à la main, XVIe siècle.

193 — Six garnitures de siége en tapisserie au petit point. Époque Louis XIII.

194 — Six autres garnitures de siéges en tapisserie au petit point de diverses époques.

195 — Couvre-pieds en satin verdâtre piqué, orné d'étoffe de soie brochée à fleurs.

196 — Portière en étoffe de soie verte brodée à fleurs et oiseaux. Travail chinois.

197 — Beau couvre-pieds richement brodé en soie de couleurs, à fleurs et ornements.

198 — Deux morceaux d'étoffe de soie fond jaune à fleurs et feuillages en soie et argent fin.

199 — Jolie bande de guipure de soie. Travail italien du XVIe siècle.

200 — Morceau d'étoffe de soie gris perle, broché à fleurs et figures.

201 — Deux tableaux représentant des sujets tirés du Nouveau Testament, brodés en fin et soies de couleurs.

202 — Dix-huit morceaux de tapisserie pour siéges, brodés à fleurs sur fond blanc.

203 — Sept morceaux d'étoffe en soie brochée à fleurs et ornements sur fond violet. Epoque Louis XV.

204 — Deux morceaux d'étoffe analogue sur fond orangé.

205 — Tapisserie armoriée.

Haut., 2 mèt. 90 cent.; lar., 3 mèt. 40 cent.

206 — Quatre tapisseries verdure.

www.ingramcontent.com/pod-product-compliance
Ingram Content Group UK Ltd.
Pitfield, Milton Keynes, MK11 3LW, UK
UKHW020528180726
13839UKWH00005B/2369